L' de la jungle

GÉRARD MONCOMBLE

ILLUSTRATIONS
D'ÉRIC GASTÉ

MILAN

Chapitre 1

Partager un paquet de dix bonbons, c'est simple. Sauf pour Théo et Ferdinand, qui ne savent pas compter. Et, quand Bob s'en mêle, ça devient compliqué. Il faut un arbitre.

Gaspard adore
faire l'arbitre.
Il demande :
– Vous voulez partagez
en trois, c'est bien ça ?

– En deux, répondent
Théo et Ferdinand.

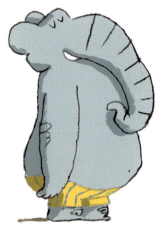

– En un, dit Bob.
Tout pour moi.

Crotte de yak, l'arbitrage va être
plus difficile que prévu.

– Trois bonbons pour Bob, trois pour Ferdinand, trois pour Théo, et le dernier pour moi, calcule Gaspard. Ça vous va ?

Mais les autres ne sont pas d'accord. Surtout Bob, qui avale d'un coup les dix bonbons.

Il est supernul en calcul, lui.

Théo et Ferdinand essaient de sortir les bonbons de la bouche de Bob, qui se défend.

– Stooooop ! hurle Gaspard. Apprenez à compter au lieu de vous taper dessus !

Pas bête ! Et qui sera le maître ? Gaspard bien sûr !

Commençons par l'addition.

Mauvais début. Gaspard s'énerve :
– Et deux idiots plus un crétin, ça fait combien ?

Théo et Ferdinand
n'apprécient pas *du tout*
la petite blague de leur chef.
Ils sont nuls aussi en humour.

Avec des élèves aussi mauvais,
il faut changer de méthode.
— Finies les leçons,
propose Gaspard. Passons
aux exercices. Suivez-moi !

Chapitre 2

Pour commencer, un truc facile :
compter des noix de coco.
– Fais-en tomber quelques-unes,
Bob ! demande Gaspard.

Quand Bob secoue un cocotier,
ça secoue sec. Résultat :
Ferdinand et Théo K.-O.

Essayons autre chose : par exemple, compter des flamants roses.
On s'approche sur la pointe des pieds.
Et surtout on chuchote, sinon…

Vingt-trois !

Changement de programme : déplaçons un gros tas à l'aide d'une pelle. Question : combien faudra-t-il de **pelletées** pour y parvenir ?

Les trois élèves se mettent au travail. Quel enthousiasme !

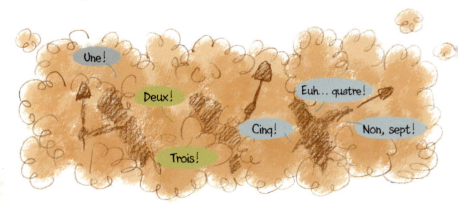

Enfin, on annonce le résultat
au maître.

Tiens, où est Gaspard ? Ah, le voilà.
Il est **furax**.
– Encore une ânerie
comme celle-là et j'arrête tout !

D'ailleurs, le gros tas,
c'était une
termitière.
Pas sympa,
ça.

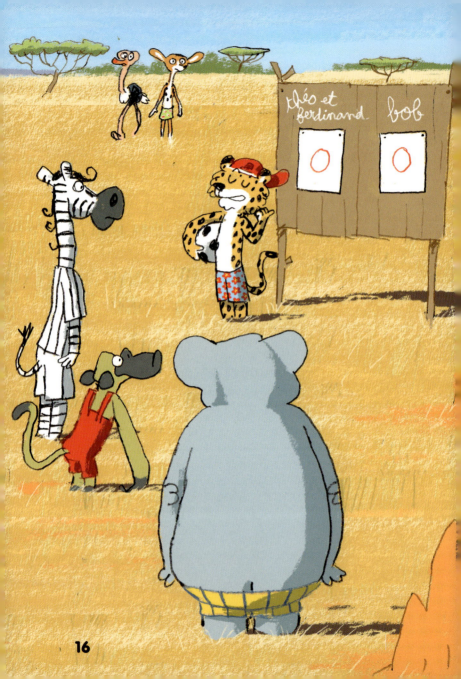

Chapitre 3

Cette fois, Gaspard propose une partie de foot. Rien de mieux pour apprendre à compter.

– À chaque but, on marque un point. Compris ?

Compris. Les trois **bêtas** ne sont pas si bêtas que ça.

C'est parti !
Théo plus Ferdinand **dribblent**
Bob et marquent !

Bob réplique par un tir terrible.

Mais il encaisse trois buts à la suite.

D'un superbe coup de tête, Bob réduit l'écart ! Le public applaudit !

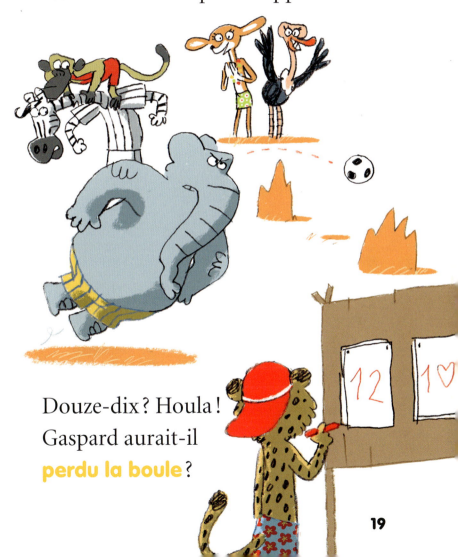

Douze-dix ? Houla ! Gaspard aurait-il **perdu la boule** ?

Complètement. Il vient d'apercevoir la jolie Léa (dont il est amoureux, rappelons-le).

Bob en profite pour tricher :
il prétend qu'il a marqué vingt-cinq buts. Ça agace beaucoup Théo et Ferdinand.

Et voilà, tout le monde se tape dessus ! Du coup, Gaspard sort un carton rouge et… euh…

N'importe quoi, cet arbitre !

Ah, pas facile, le calcul. Peut-être qu'avec une nouvelle maîtresse ça ira mieux.

– Puisque Gaspard est puni, c'est moi qui fais la classe, décide Léa.

Aïe aïe aïe ! Bon courage, Léa !

© 2014 éditions Milan
300, rue Léon-Joulin, 31101 Toulouse Cedex 9, France
www.editionsmilan.com
Loi 49.956 du 16.7.1949 sur les publications destinées à la jeunesse
Dépôt légal : 3e trimestre 2014
ISBN : 978-2-7459-6831-9
Achevé d'imprimer en France par Pollina - L69226A
Mise en pages : Graphicat